TOCSON

**Données de catalogage
avant publication (Canada)**

Gravel, François
Tocson
Pour enfants.

ISBN 2-89512-293-8 (rel.)
ISBN 2-89512-292-X (br.)

I. Gravel, Élise. II. Titre.
PS8563.R388T62 2003 jC843'.54 C2003-940267-3
PS9563.R388T62 2003
PZ23.G72To 2003

Directrice de collection : Lucie Papineau
Direction artistique et graphisme : Primeau & Barey

Dépôt légal : 3e trimestre 2003
Bibliothèque nationale du Québec
Bibliothèque nationale du Canada

Dominique et compagnie
300, rue Arran, Saint-Lambert
(Québec) J4R 1K5
Téléphone : (514) 875-0327
Télécopieur : (450) 672-5448
Courriel : dominiqueetcie@editionsheritage.com
Site Internet : www.dominiqueetcompagnie.com

Imprimé au Canada
10 9 8 7 6 5 4 3 2 1

Nous remercions le Conseil des Arts du Canada de l'aide
accordée à notre programme de publication, ainsi que la
SODEC et le ministère du Patrimoine canadien.

Gouvernement du Québec – Programme de crédit d'impôt
pour l'édition de livres – Gestion SODEC.

TOCSON

François Gravel

Élise Gravel

À mon papou
papa pas à pou

Élise

À ma fille
pas pire pantoute

François

Dominique et compagnie

Tocson est un bon bébé.
Quand il est seul chez lui avec
papa et maman, tout va bien.

Mais il suffit que des invités arrivent pour que...

Tocson fonce droit devant lui.

C'est comme ça,
il ne peut pas s'en empêcher.

Chaque dimanche, tante Cécile et tante Rita viennent
jouer au paquet voleur avec les parents de Tocson.

BANG !

Elles jouent plutôt à...

ramasser les cartes,

les verres, les sandwichs

et les olives farcies !

Comme tout bébé qui se respecte,
Tocson grandit très vite. Mais il faut
toujours l'avoir à l'œil, sinon...

Les parents de Tocson emmènent souvent
leur enfant aux autos tamponneuses.

AUTOS TAMPO[...]

Ça ne coûte pas cher : Tocson n'a même pas besoin d'auto !

BANG!

DING! DONG!

Tante Rita et tante Cécile se marient le même jour.
Toute la famille surveille Tocson de près.

Mais il suffit d'un moment d'inattention pour que...

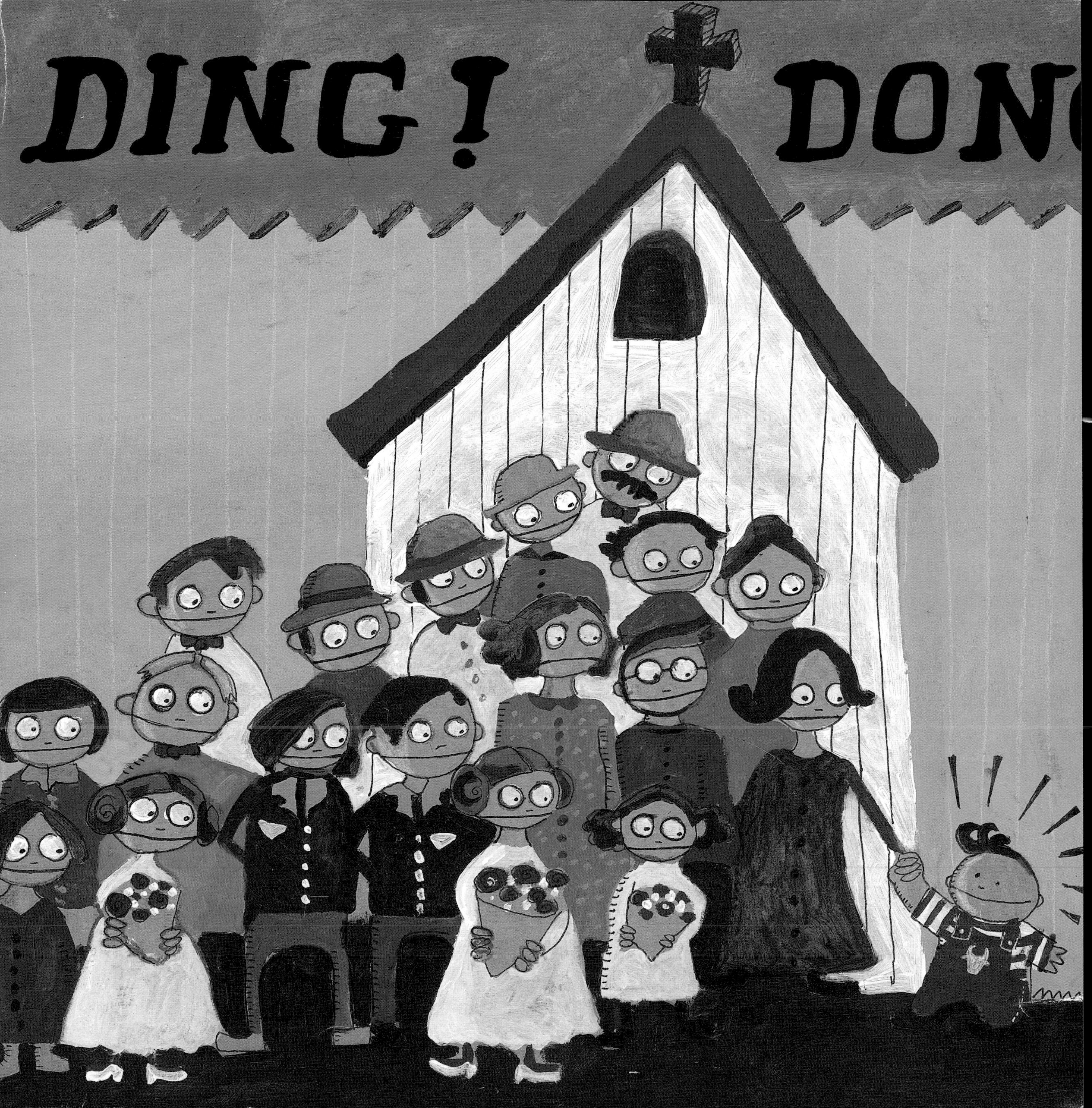
DING! DON

Heureusement, tante Cécile et tante Rita
ont une idée : Tocson jouera dans l'équipe
de football de son quartier.

Tocson n'a jamais été aussi heureux. Il devient
le héros de son quartier, et même de sa ville !

Sauf que Tocson aimerait bien être amoureux.
Mais comment faire quand on ne peut pas aller
au bal ?

Ni même au restaurant avec ses amis ?

Tocson ne cesse d'y penser : où donc
rencontrera-t-il la femme de ses rêves ?

Pauvre Tocson ! Sera-t-il malheureux
à tout jamais ?

Heureusement, le coup de foudre existe...

B.A.

... et les tremblements de terre aussi !